La Hija del Rey de los Mares

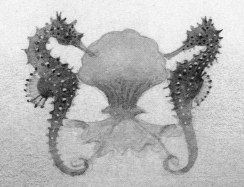

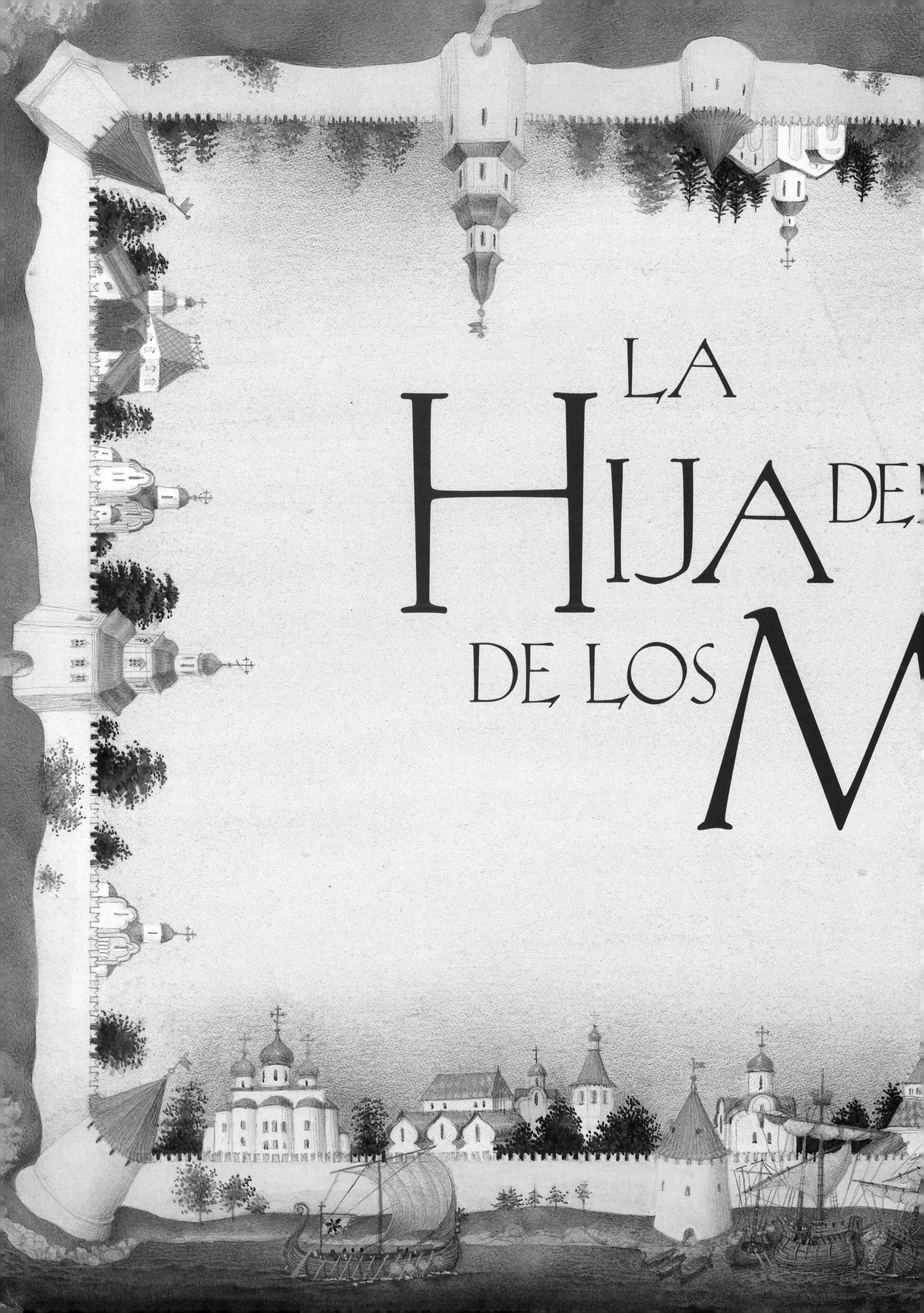

LA
HIJA DE
DE LOS M

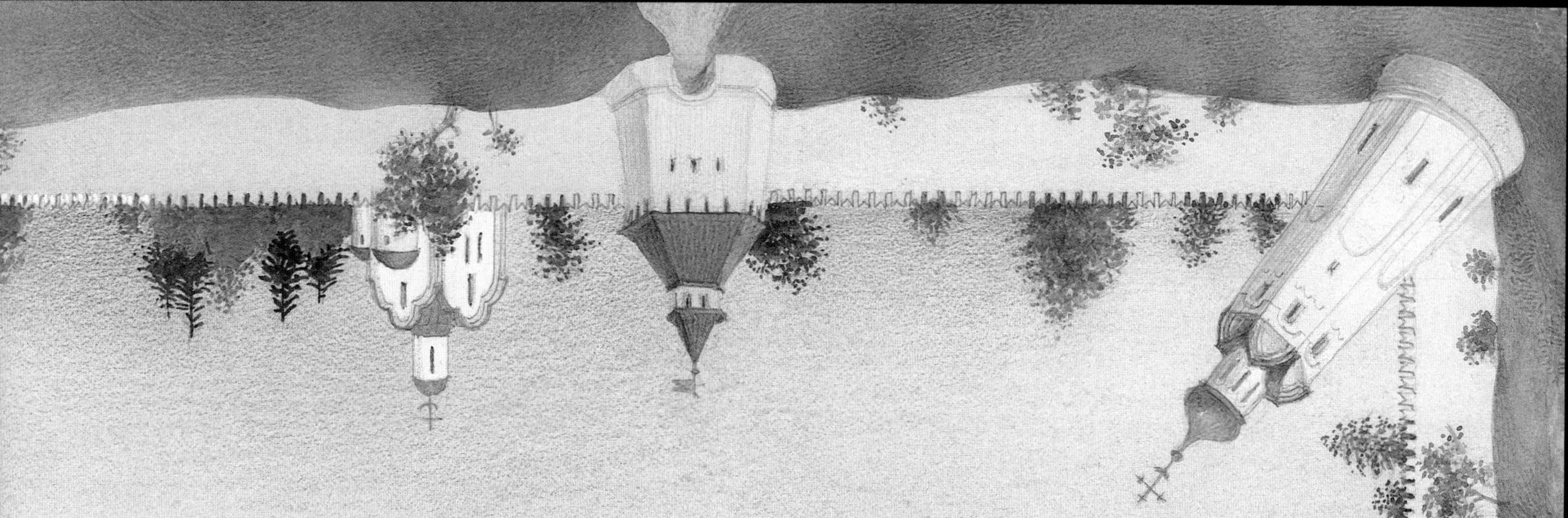

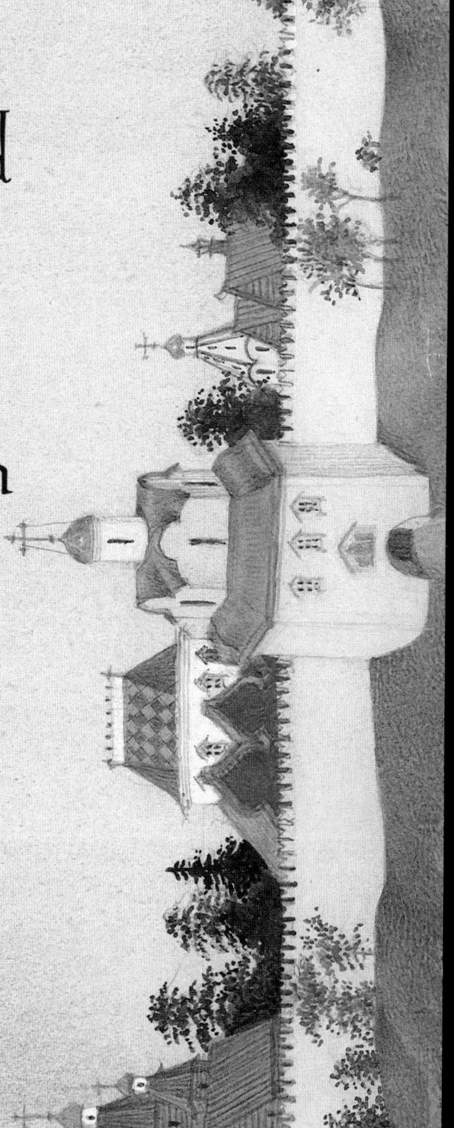

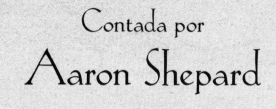

Contada por

Aaron Shepard

Ilustrada por

Gennady Spirin

Rey

ares

Una Leyenda Rusa

Editorial Lumen

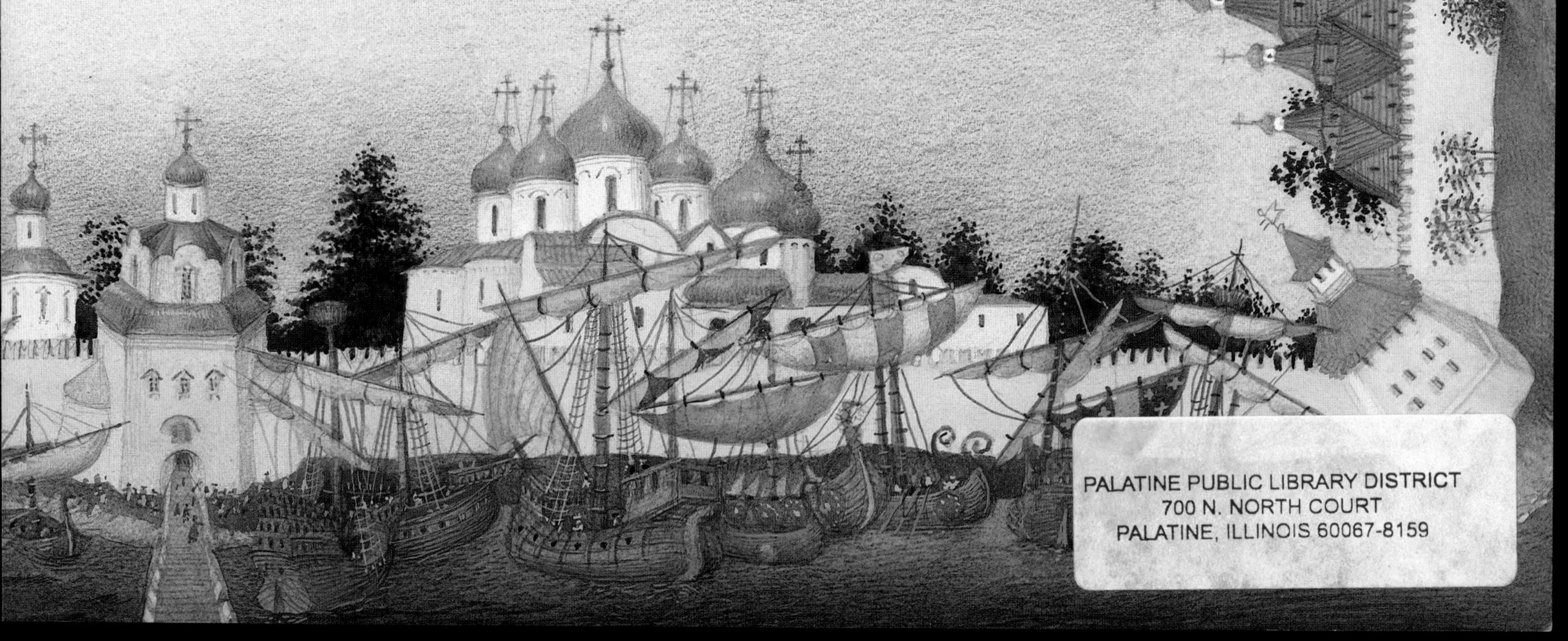

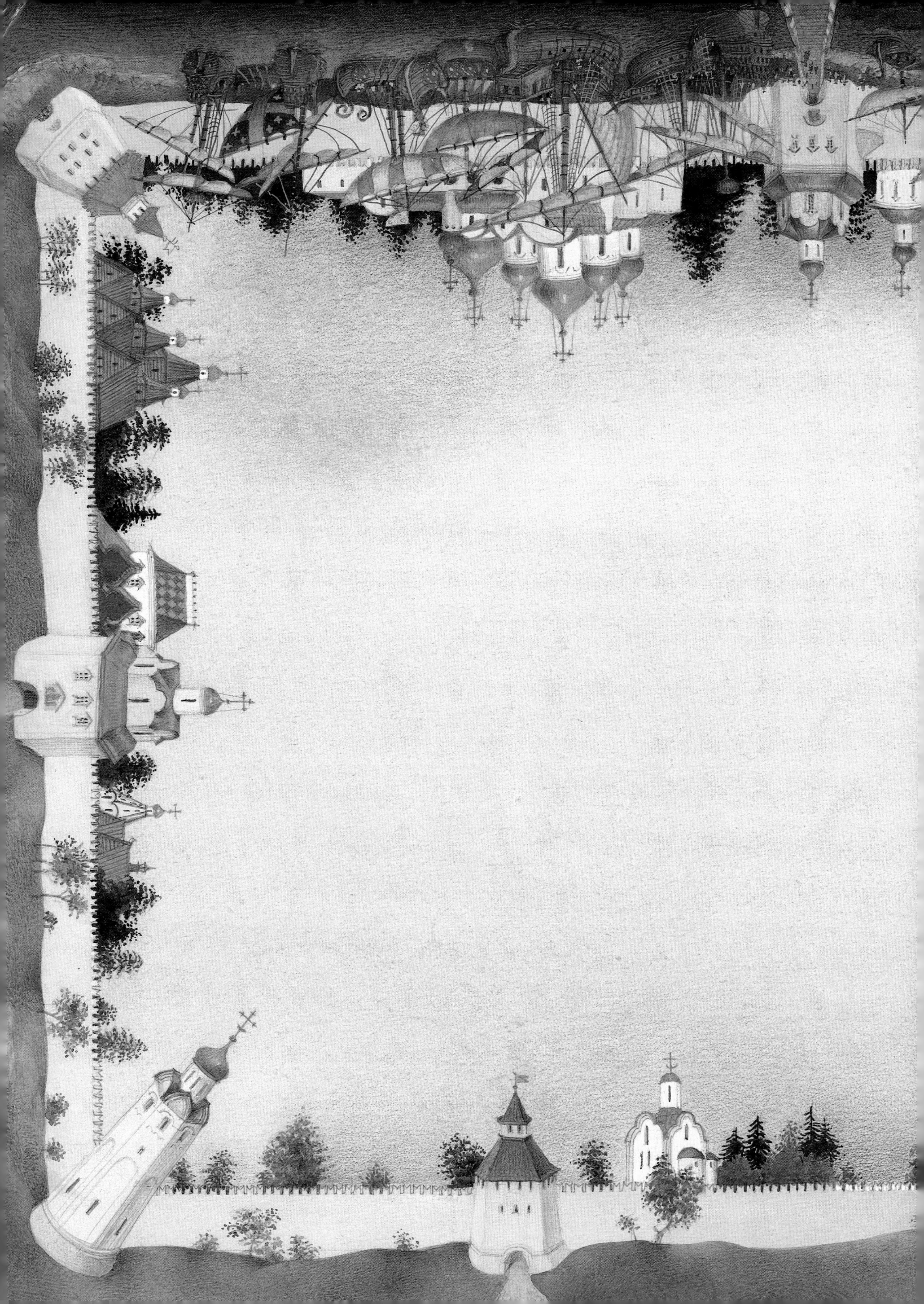

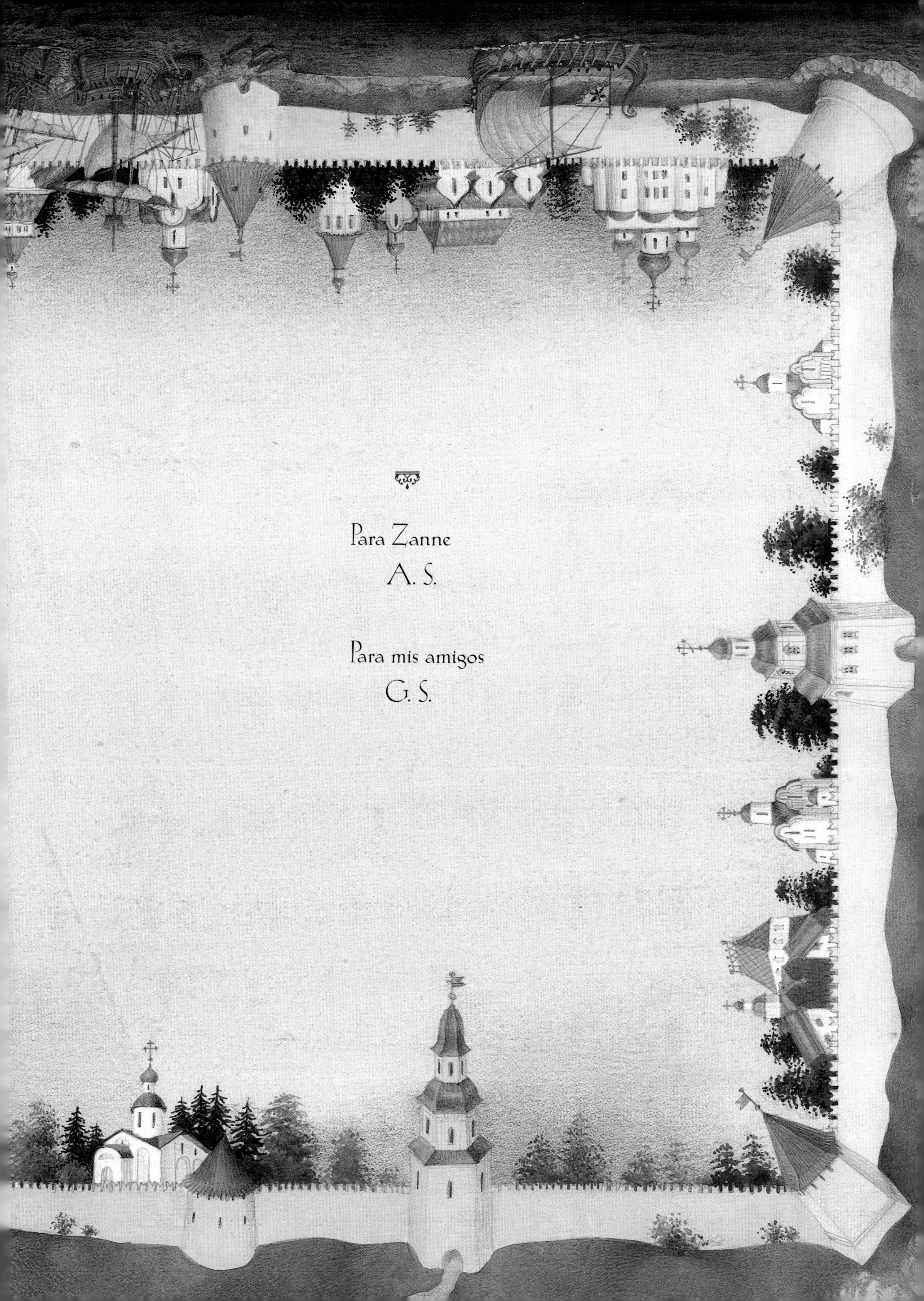

Para Zanne

A. S.

Para mis amigos

G. S.

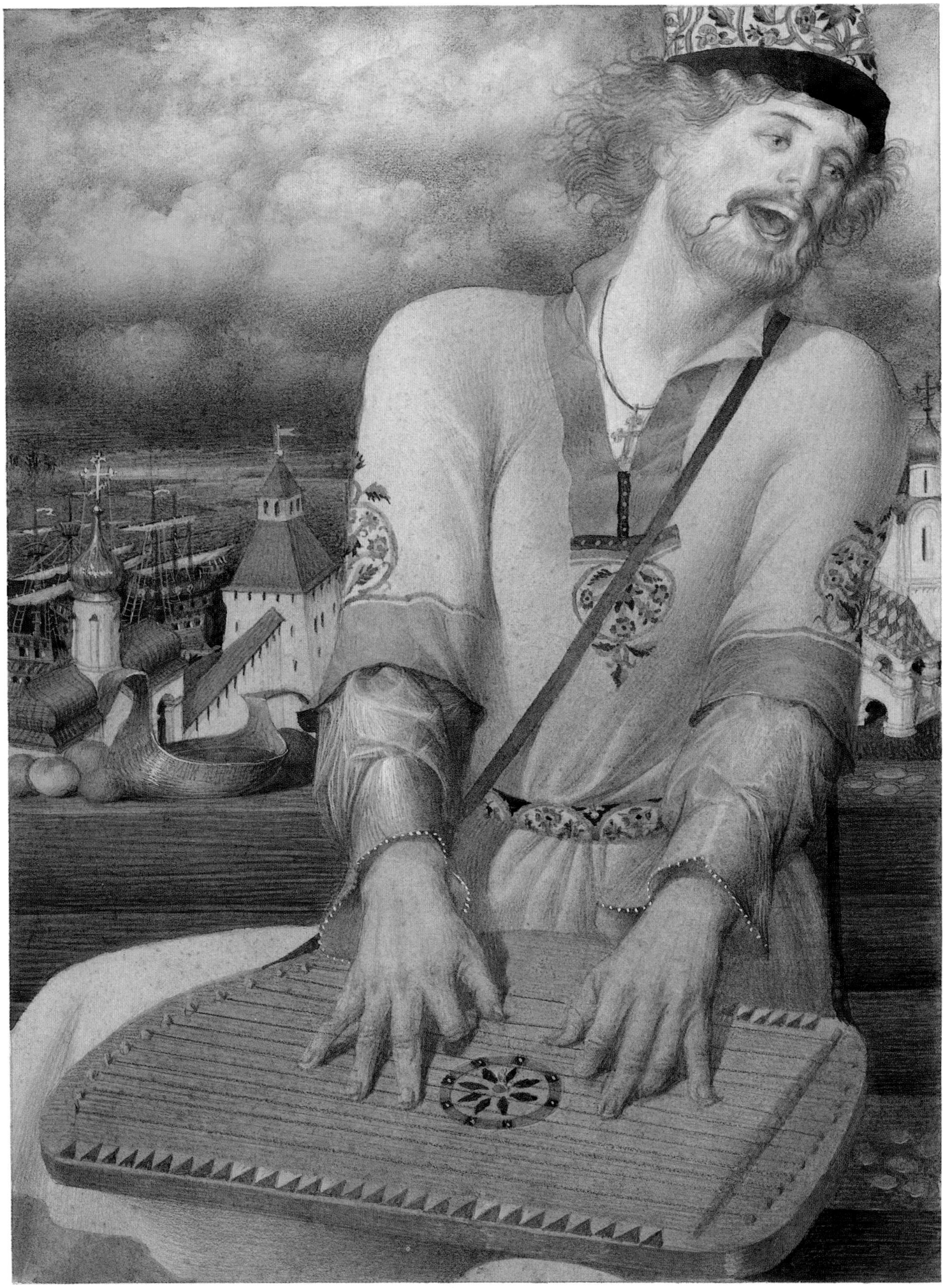

Largo tiempo atrás, en Novgorod la Grande, ciudad rusa situada a orillas del Volkov, vivía un joven músico llamado Sadko.

Todos los días algún rico comerciante o algún noble enviaba un mensajero a casa de Sadko, invitándole a tocar en una fiesta. Sadko cogía su salterio de doce cuerdas y se dirigía al salón donde se celebraba el banquete. Y tocaba y tocaba, hasta que todos los invitados estaban bailando.

"¡Come hasta hartarte!", le decía más tarde el dueño de la casa, señalándole la mesa llena de manjares. Y le entregaba unas monedas.

A menudo, sus amigos le preguntaban: "¿Cómo puedes sobrevivir con tan poco?"

"No está nada mal", contestaba Sadko. "¿Cuántos hombres pueden asistir cada día a un banquete distinto, tocar la música que les gusta y ver que un salón entero se pone a bailar?"

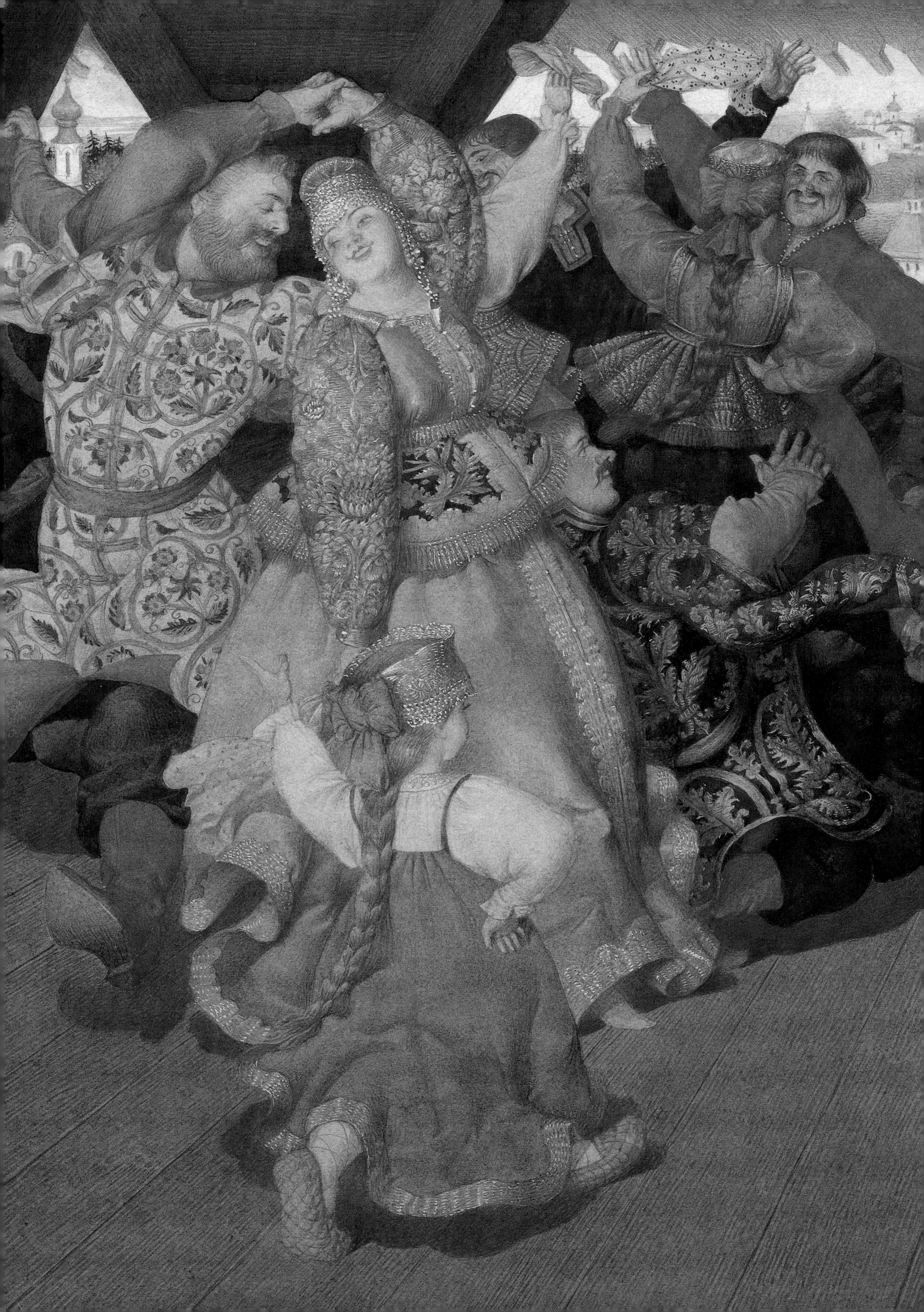

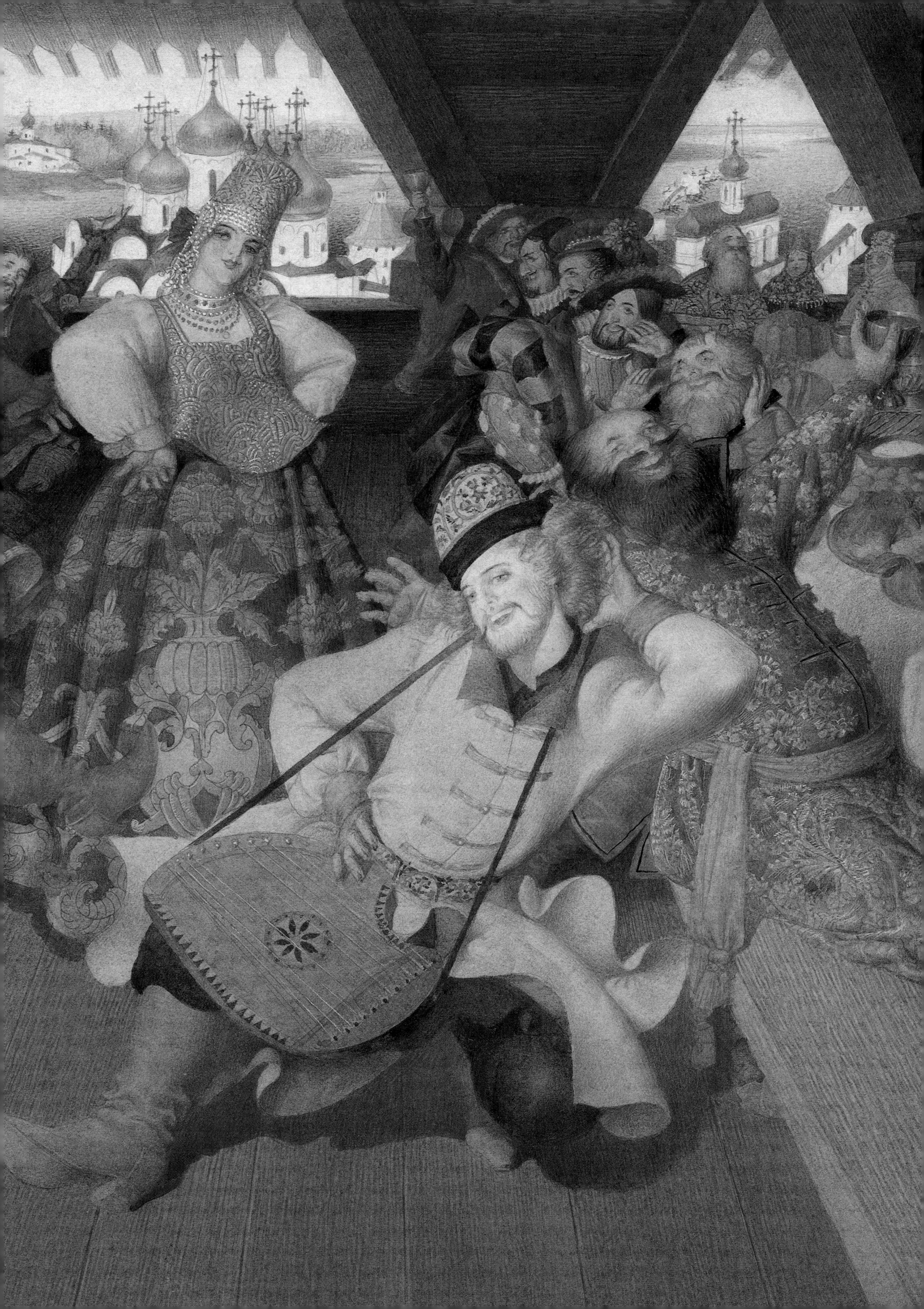

Sadko estaba orgulloso de su ciudad, que era la más rica y la más libre de toda Rusia. Deambulaba por la Plaza del Mercado, donde los vendedores exhibían en tenderetes sus mercancías y por la que pululaban comerciantes de distintos países. Nunca dejaba la plaza sin haber oído historias de lugares remotos, desde Italia hasta Noruega o hasta Persia.

Abajo, en los muelles, observaba los barcos, que zarpaban con sus cargamentos de madera, cereales, cuero, cerámica, especias y metales preciosos. Y, si cruzaba el Gran Puente del río Volkov, podía ver el destello de los tejados dorados de una docena de iglesias de piedra blanca.

"¿Hay alguna otra ciudad en el mundo como Novgorod?", se preguntaba. "¿Hay algún lugar mejor donde vivir?"

Sin embargo, a veces Sadko se sentía solo. Las doncellas que bailaban

alegremente al son de su música le sonreían a menudo, y más de una le
había encendido el corazón. Pero ellas eran ricas y él era pobre, y a ninguna
le pasaba por la cabeza la posibilidad de casarse con él.

Un atardecer solitario, Sadko paseaba melancólico fuera de la muralla
de la ciudad, a orillas del río. Cuando llegó a su lugar favorito, se sentó y
se puso el salterio en las rodillas. Las olas golpeaban suavemente la orilla y
la luz de la luna se reflejaba en el agua.

"Querido río Volkov", dijo con un suspiro. "Hombre rico, hombre
pobre... A ti te da igual. ¡Ojalá fueses mujer! Nos casaríamos y yo viviría
aquí contigo, en la ciudad que amo."

Sadko tocó una canción triste, después una canción serena, después una
canción alegre. Las notas de su salterio flotaban en el río.

De repente el río se encrespó, y unas olas inmensas empezaron a golpear la orilla. "¡Que Dios me ayude!", gritó Sadko, al ver surgir algo muy grande del agua. Tenía ante él a un hombre enorme, con una corona ornada de perlas sobre una melena larga y suelta de algas marinas.

"Músico", le dijo, "contempla al Rey de los Mares. He venido a visitar a una de mis hijas, la Princesa Volkova. Tu dulce música ha llegado hasta el fondo del río, donde nos encontrábamos, y nos ha gustado mucho."

"Gracias, Majestad", farfulló Sadko.

"Pronto volveré a mi palacio", dijo el rey. "Y me gustaría que tocases en una fiesta que voy a dar allí."

"Encantado", dijo Sadko. "Pero, ¿dónde está el palacio? ¿Y cómo llegaré hasta él?"

"Está en el fondo del mar, ¿dónde iba a estar? Seguro que sabrás llegar. Pero, entretanto, aquí tienes tu recompensa."

Un gran pez de escamas doradas saltó del río y cayó a los pies de Sadko.

Y, ante su sorpresa, el pez se endureció y se convirtió en oro macizo.

"¡Majestad, sois demasiado generoso!"

"¡No se hable más!", dijo el rey. "La música es mucho más valiosa que el oro. Si el mundo fuese justo, ¡te verías colmado de riquezas!"

Y, con un splash, se sumergió en el río y desapareció.

12

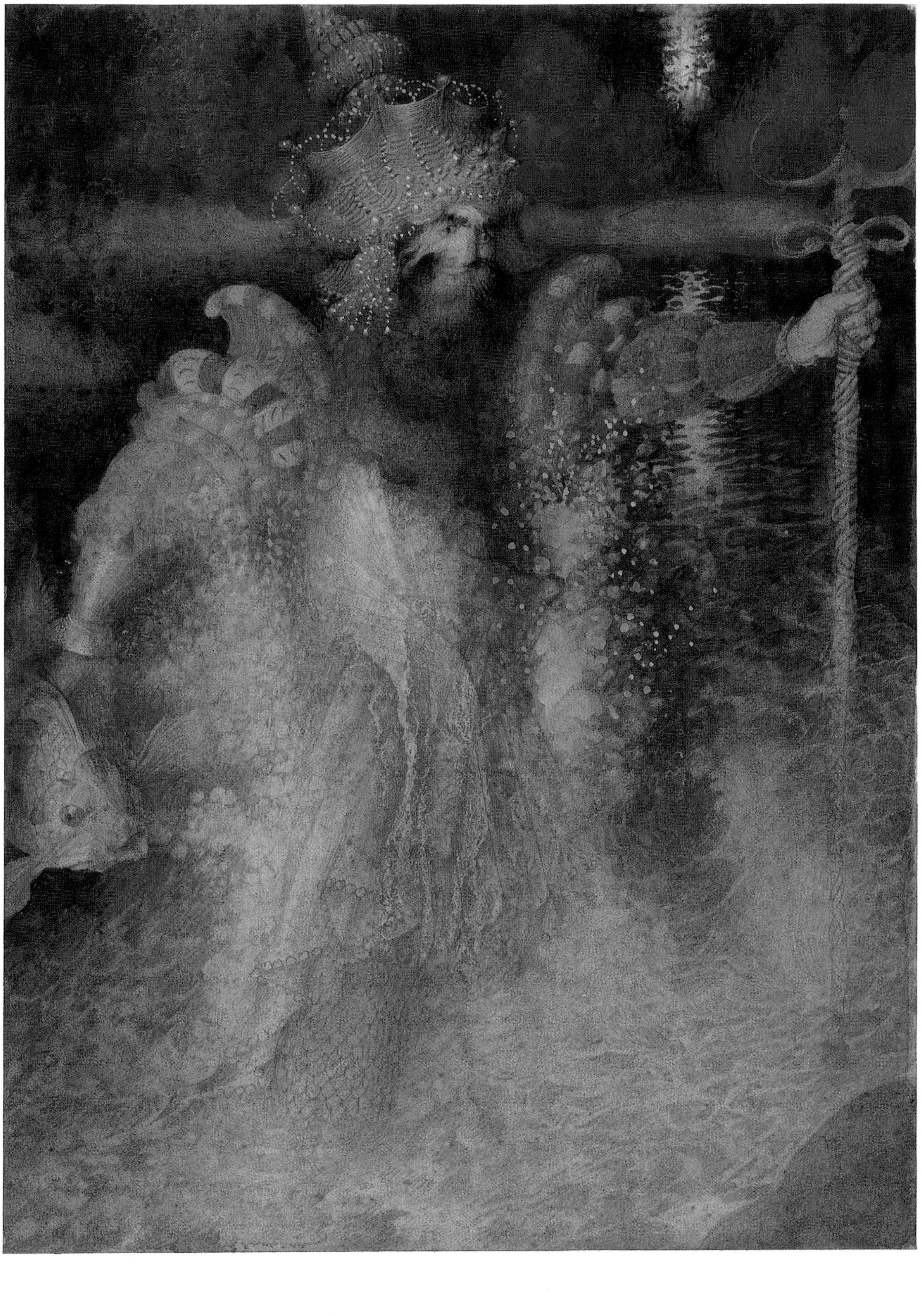

A la mañana siguiente, Sadko llegó a la Plaza del Mercado cuando estaban abriendo los tenderetes. Vendió enseguida el pez de oro a un comerciante sorprendido. Después se apresuró hacia los muelles y compró un pasaje para un barco que zarpaba de Novgorod aquel mismo día.

El barco recorrió el río Volkov, cruzó el lago Ladoga y el golfo de Finlandia y entró en el mar Báltico. Mientras la nave surcaba las aguas a toda velocidad, Sadko las miraba por encima de la barandilla.

"¿Cómo puedo encontrar el palacio en la inmensidad del mar?", murmuró.

Justo en aquel momento el barco se detuvo de golpe. El viento hacía ondear las velas, pero el barco seguía inmóvil, como si una mano gigantesca lo hubiera detenido.

Algunos marineros maldijeron asustados, mientras otros rezaban por sus vidas. "¡Tiene que ser el Rey de los Mares!", gritó el capitán. "Quizás quiere que le demos un tributo... o que le entreguemos a uno de nosotros."

"No os preocupéis", dijo Sadko. "Yo sé a quién busca."

Cogió su salterio y se encaramó a la barandilla del barco.

"¡Detenedle!", gritó el capitán.

Pero Sadko saltó del barco y se sumergió en las aguas antes de que nadie pudiera impedirlo.

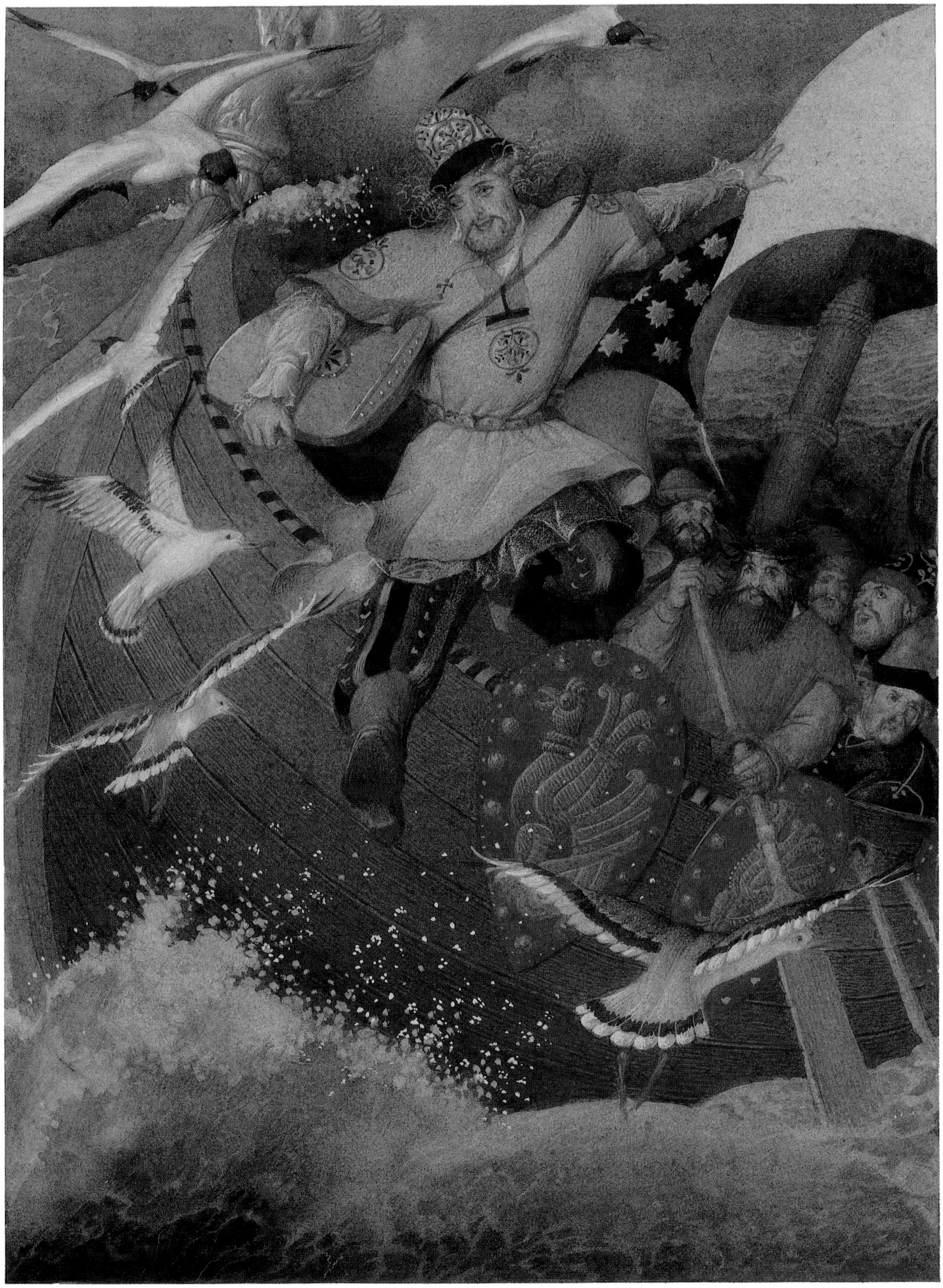

Sadko se hundió y se hundió hasta llegar al fondo del mar. Sobre él un sol rojo brillaba débilmente a través de las aguas. Vio aparecer ante sus ojos un palacio de piedras blancas. Al llegar a las enormes puertas de coral, éstas se abrieron y dieron paso a un salón elegante y gigantesco.

Estaba lleno de invitados y de miembros de la corte: arenques y bonitos,

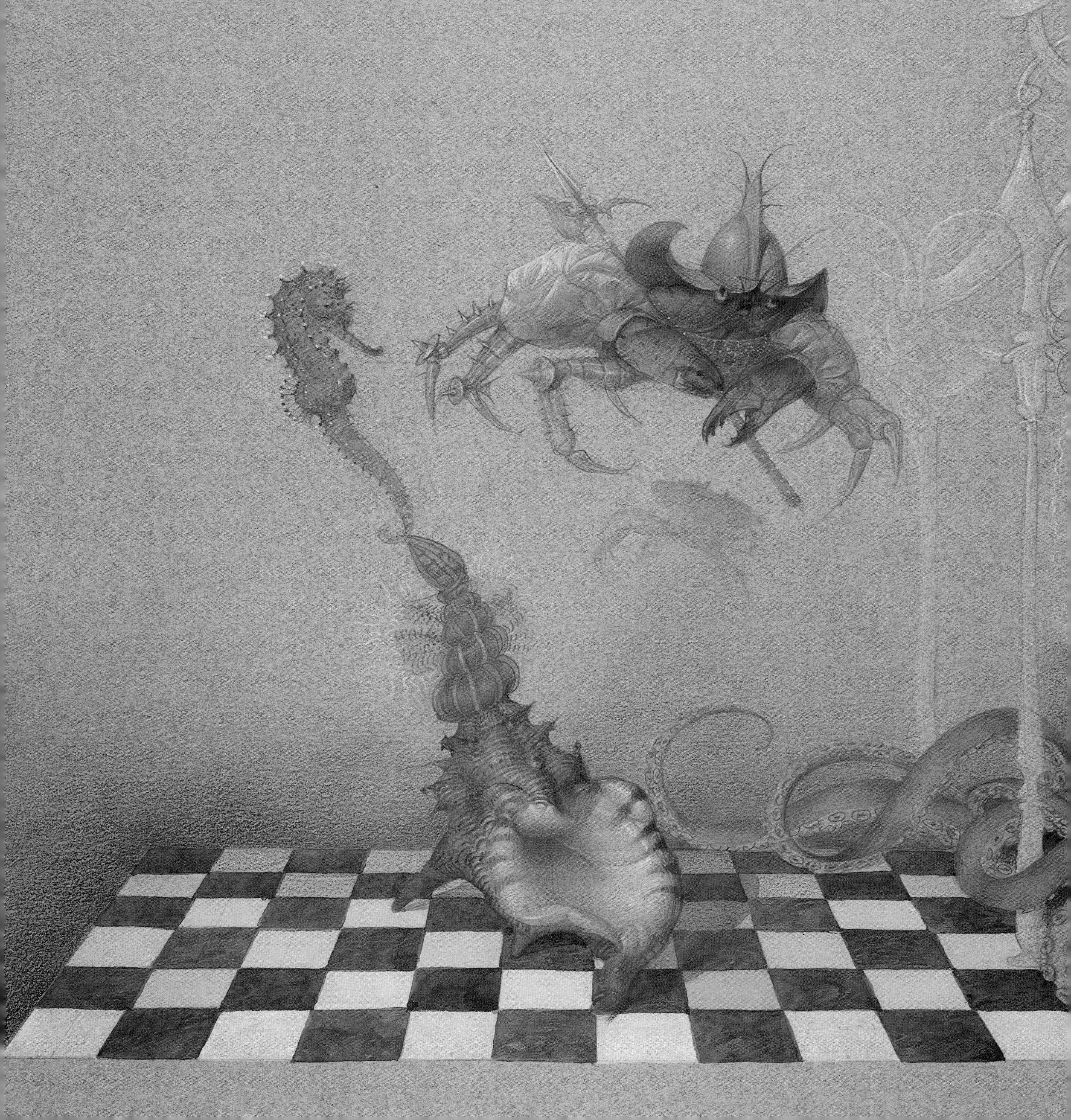

bacalaos y rapes, anguilas y merluzas, cangrejos y langostas, pulpos y estrellas de mar, tortugas marinas y esturiones gigantes.

Entre los invitados había docenas de doncellas. Eran ninfas de río, las hijas del Rey de los Mares. Al fondo del salón, en dos tronos de madreperlas, estaban sentados el rey y la reina.

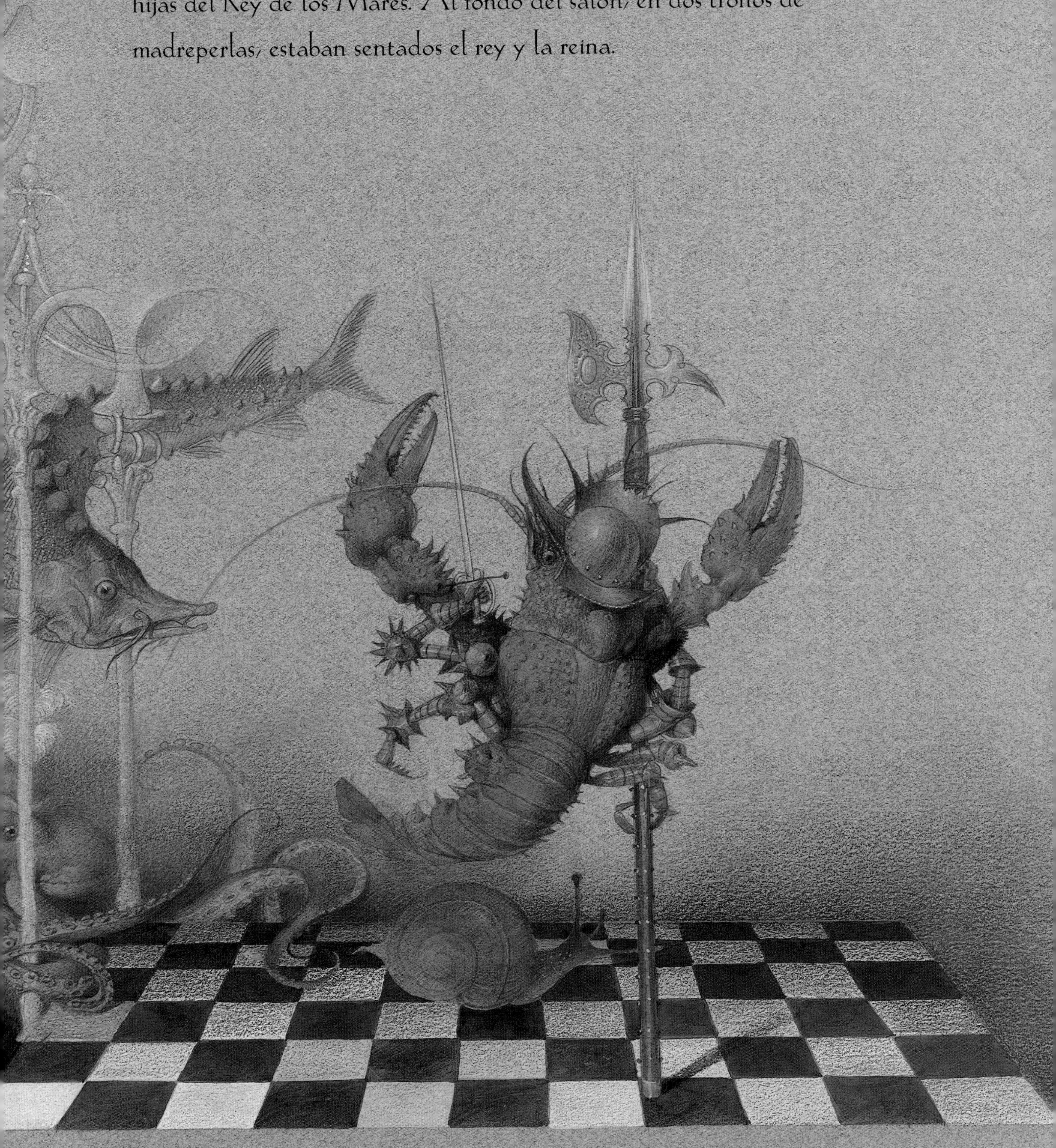

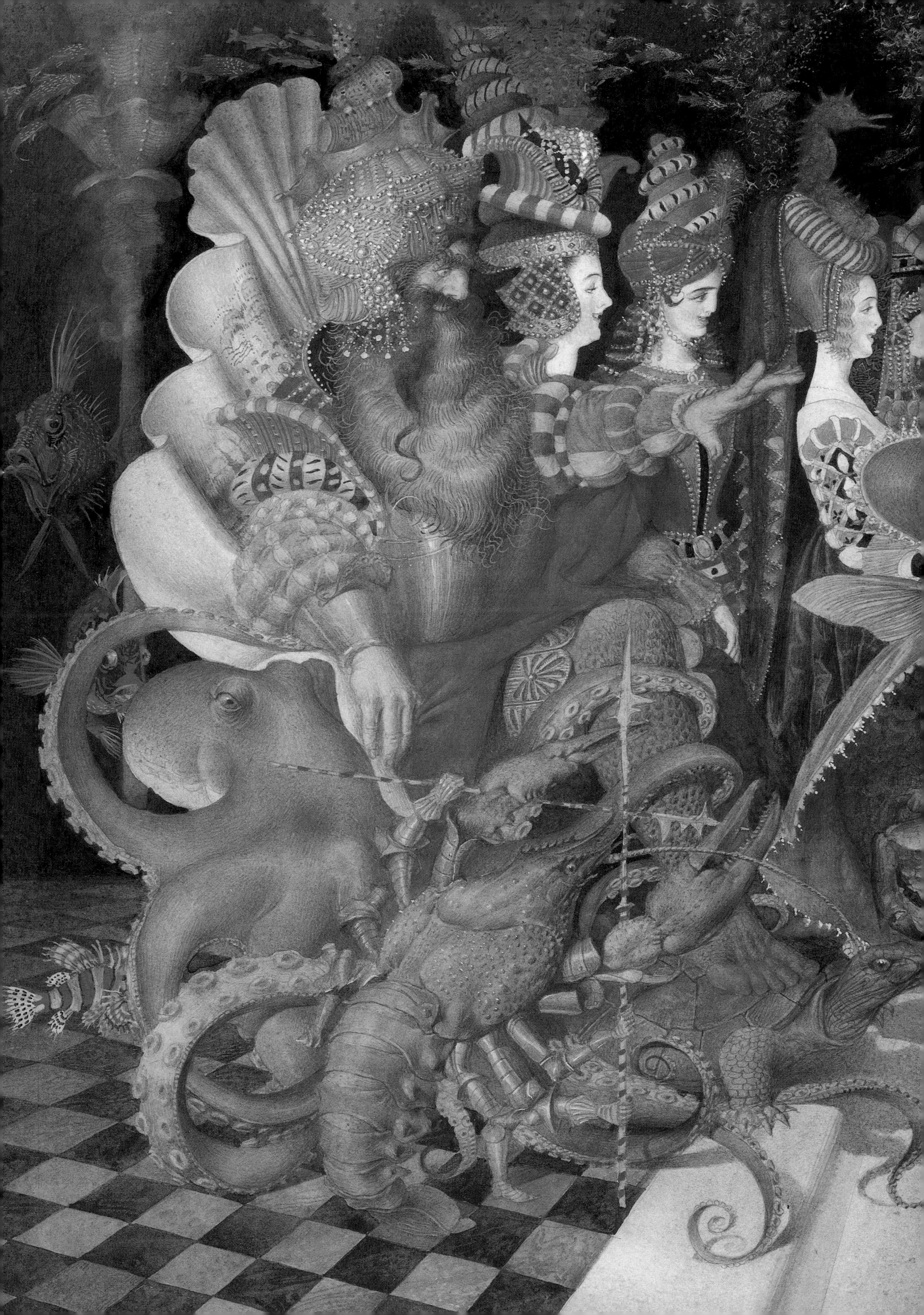

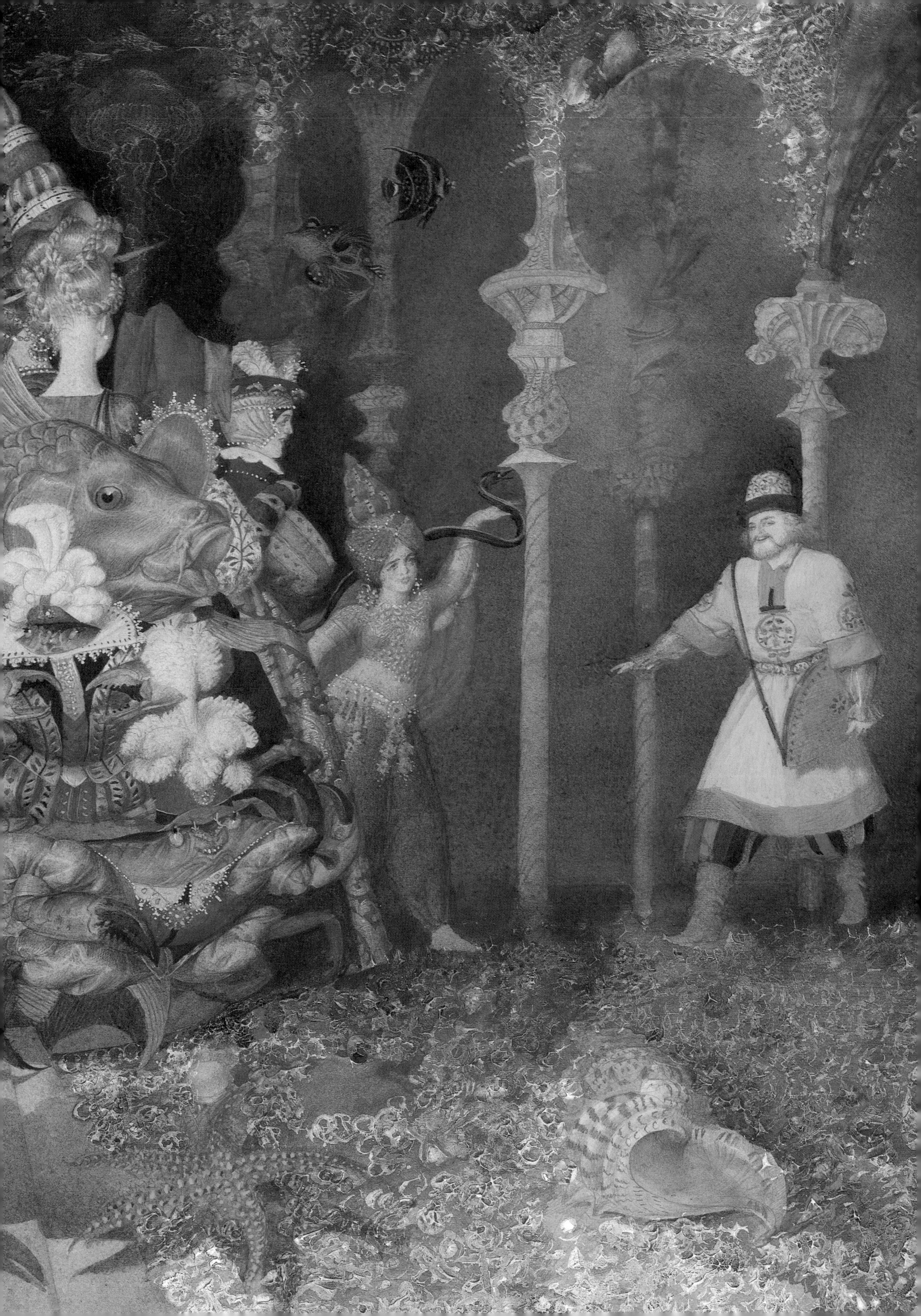

"¡Llegas justo a tiempo!", gritó el rey. "¡Ven y siéntate aquí a mi lado!...
¡Y que empiece la danza!"

Sadko se colocó el salterio en las rodillas y tocó una canción alegre.
Pronto todos los peces estaban nadando con mucha gracia. Los cangrejos
retozaban. Las doncellas brincaban y daban vueltas.

"¡Me gusta esta canción!", exclamó el rey. Saltó de su trono hasta el
centro del salón y se unió al baile. Sus brazos se movían frenéticos, sus
ropas se agitaban, su melena ondeaba, sus pies golpeaban el suelo.

"¡Aprisa!", gritó el rey. "¡Toca más aprisa!"

Sadko toco más aprisa. Y el rey enloqueció. Todos los demás se
detuvieron y le contemplaron sobrecogidos. Se movía cada vez de forma más
disparatada, giraba más aprisa, saltaba más alto, zapateaba con más fuerza.

La Reina de los Mares susurró rápidamente al oído de Sadko: "¡Por
favor, acaba la canción! Tú sólo ves que el rey está bailando en este salón.
¡Pero, encima de nosotros, el mar está volcando barcos como si fueran de
juguete y unas olas gigantes asolan las costas!"

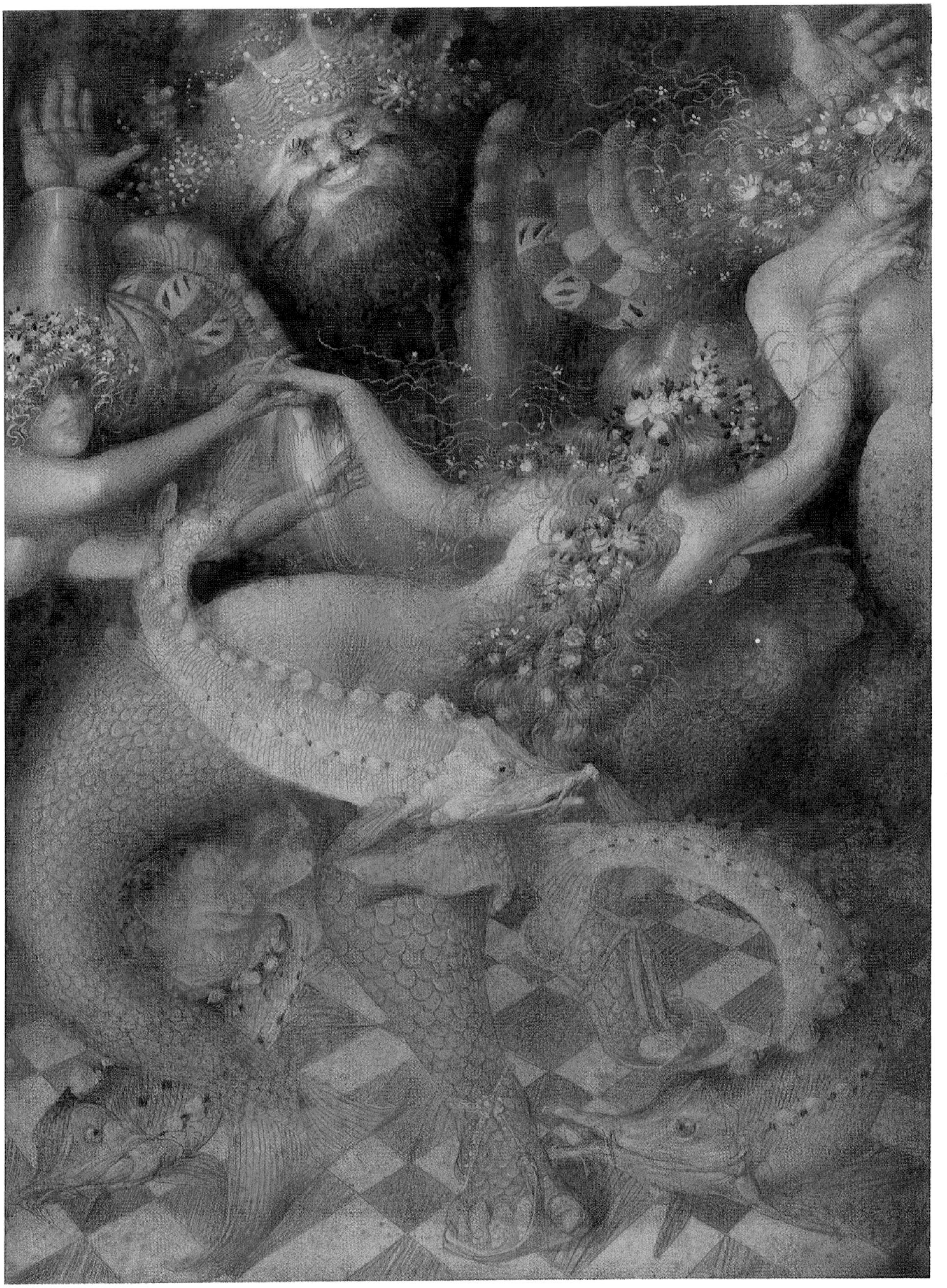

Sadko, alarmado, tiró de una de las cuerdas del salterio hasta que se rompió. "Majestad, ¡mi salterio se ha roto!"

"¡Qué pena!", dijo el rey, mientras paraba la danza. "Podría haber seguido bailando días y días. Eres un buen chico, Sadko. ¡Creo que te voy a casar con una de mis hijas y que te voy a retener aquí para siempre!"

"Majestad", dijo Sadko con cautela, "en el mar vuestra palabra es ley. Pero mi hogar no está aquí. Yo adoro Novgorod."

"Prepárate para escoger novia", rugió el rey. "¡Acercaos, hijas mías!"

Las ninfas de los ríos desfilaron una tras otra ante Sadko. Cada una era más hermosa que la anterior. Pero el corazón de Sadko se mantuvo firme.

"¿Qué te pasa, músico?", dijo el rey alegremente. "¿Es demasiado difícil
la elección? Pues haré que te cases con la princesa a la que tú le gustas más.
¡Aquí tienes a la Princesa Volkova!"

La princesa dio un paso hacia adelante. Sus ojos verdes resplandecían y
una dulce sonrisa adornaba sus labios. "Querido Sadko, ¡por fin estaremos
juntos! ¡Llevo años emocionándome con la música que tocas en la orilla!"

"¡Volkova!", se sorprendió Sadko. "¡Eres tan encantadora como tu río!"

Pero la reina se inclinó hacia adelante y susurró al oído del muchacho:
"Sadko, eres un buen chico y por eso te voy a decir la verdad. Si la besas o
la abrazas, aunque sea una sola vez, no podrás regresar nunca a tu ciudad."

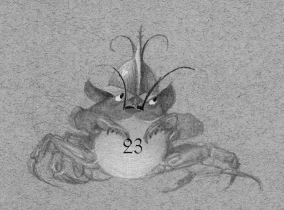

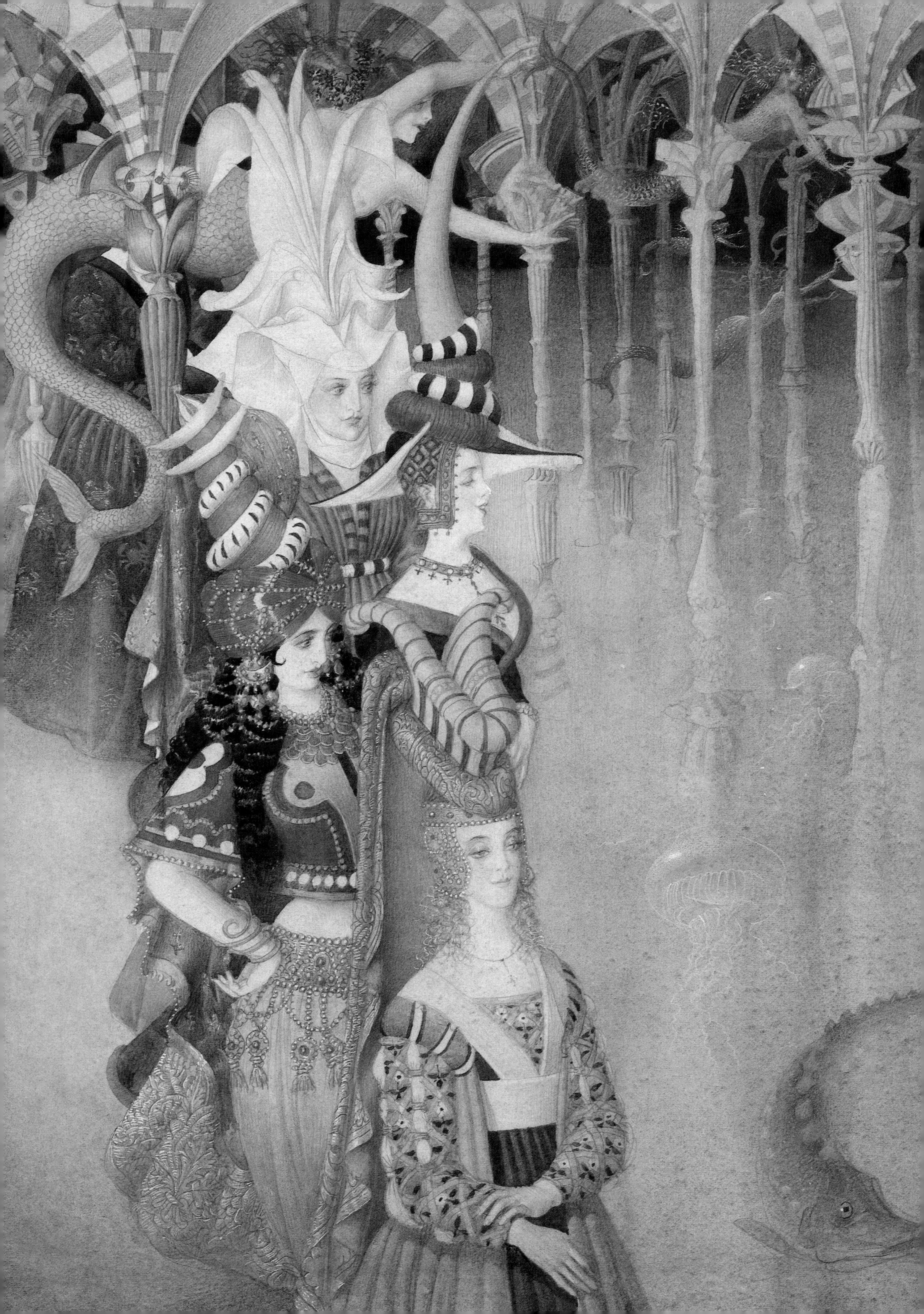

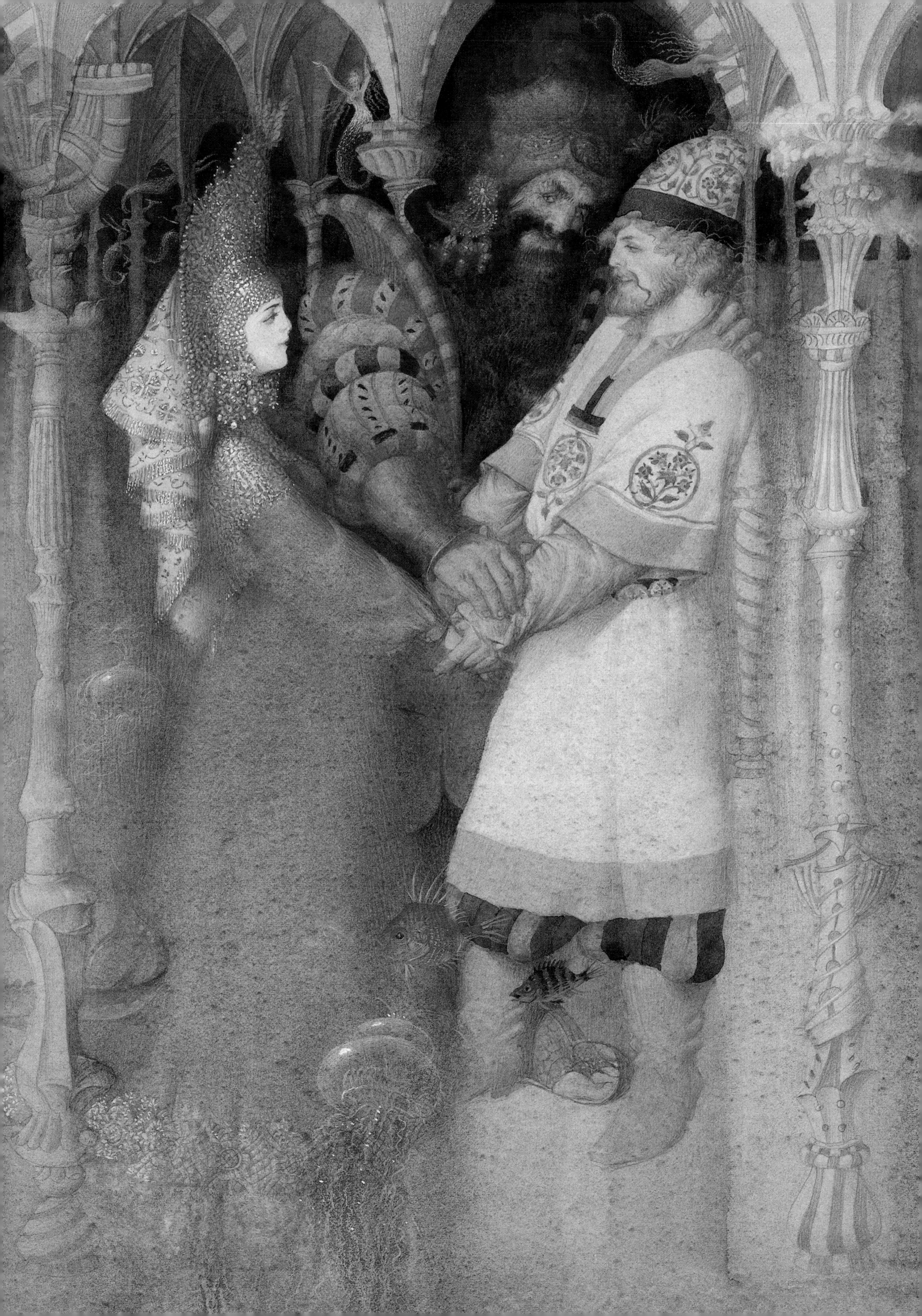

Aquella noche, Sadko yacía junto a su novia en una cama de algas marinas. Es tan adorable, pensó, tan encantadora... Es todo lo que siempre he deseado. ¿Cómo puedo no abrazarla? Pero las palabras de la reina volvían una y otra vez a su mente: *No podrás regresar nunca a tu ciudad.* Y sus brazos permanecieron inmóviles.

"Cariño", dijo la princesa, "¿por qué no me abrazas?"

"Es la costumbre de mi ciudad", farfulló Sadko. "Nunca abrazamos ni besamos a nuestra novia la primera noche."

"Entonces temo que no lo harás nunca", dijo ella con tristeza y dio media vuelta hacia el otro lado.

Cuando, a la mañana siguiente, Sadko despertó, sintió que la luz del sol le daba en la cara. Abrió los ojos y no vio a su lado a la Princesa Volkova, sino el río Volkov. ¡Y a sus espaldas se erguía la muralla de Novgorod!

"Mi hogar", dijo Sadko.

Y se echó a llorar, quizás por la felicidad de haber regresado, quizás por la tristeza de haber perdido a la princesa, quizás por ambas cosas.

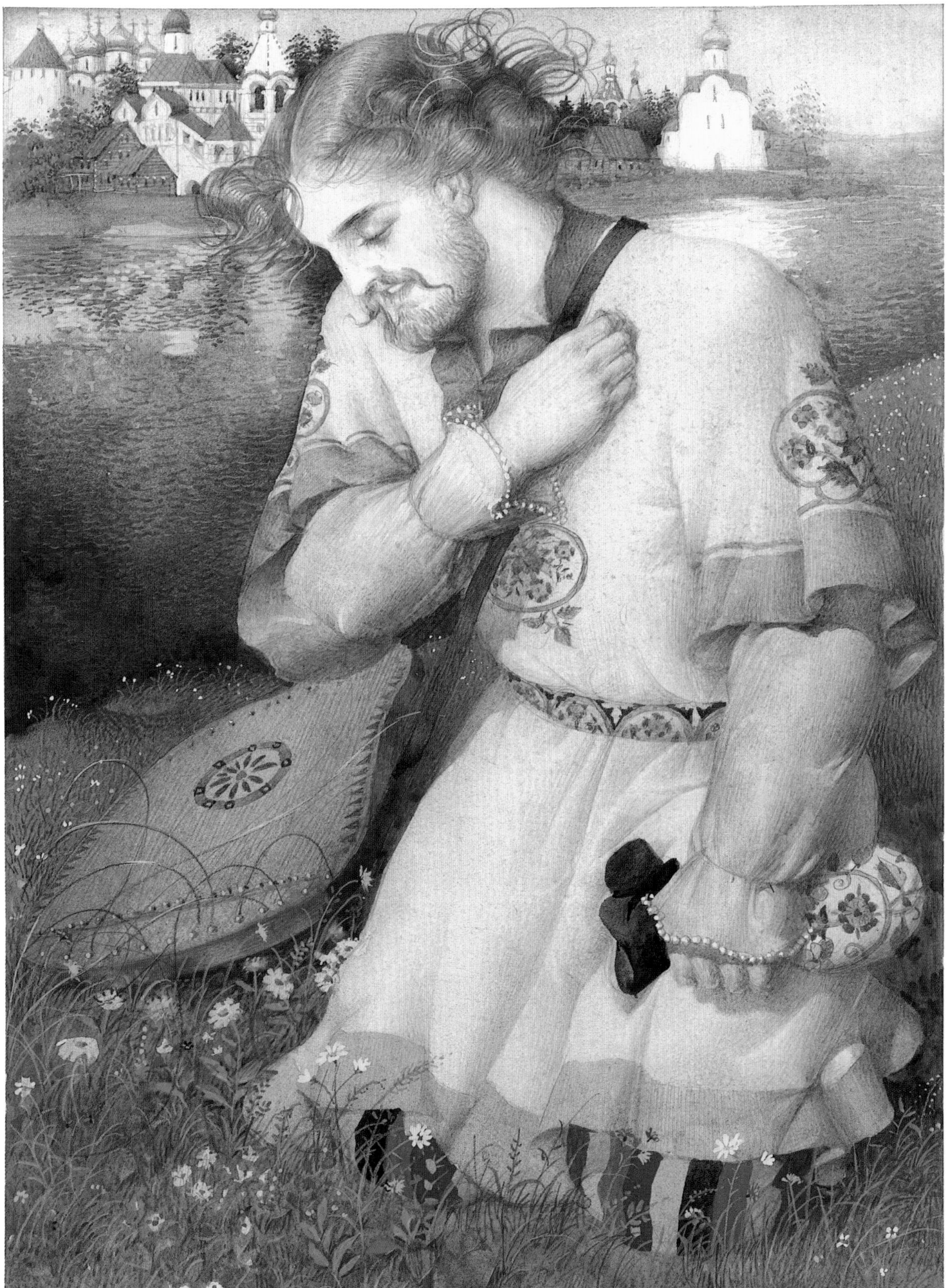

Todos los años que siguieron fueron buenos para Sadko. Con el dinero que le quedaba se compró un barco y suficientes mercancías para llenarlo. Y así se convirtió en comerciante, y, con el tiempo, llegó a ser el hombre más rico de Novgorod. Se casó con una hermosa joven y formó una familia. Organizaba banquetes, tocaba su salterio y miraba bailar a sus hijos.

Sin embargo, algunas veces, en un tranquilo anochecer, caminaba solo hasta las afueras de la ciudad, se sentaba en la orilla del río y enviaba su música al agua. Y, también algunas veces, una hermosa cabeza surgía del río para escucharla... o tal vez se tratara únicamente de la luz de la luna reflejada en el Volkov.

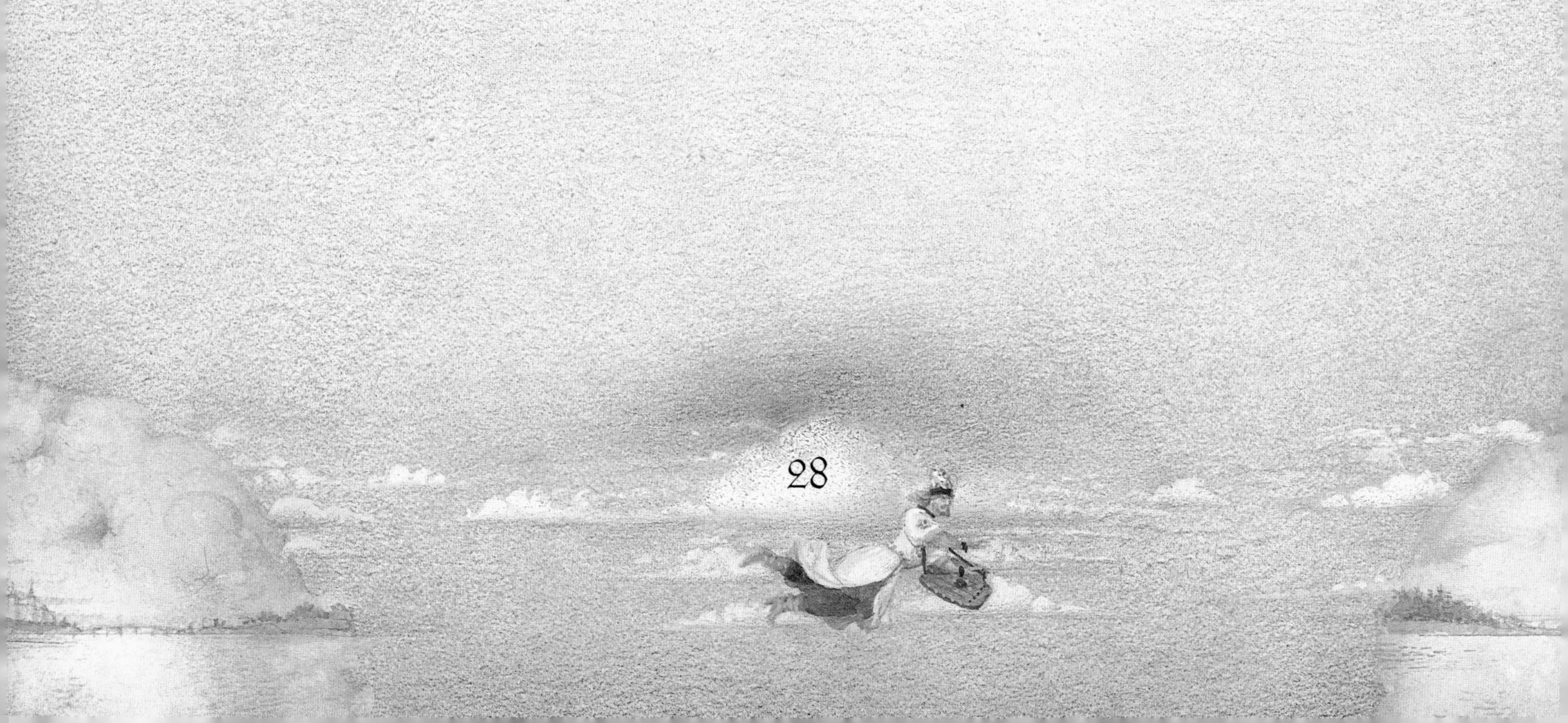

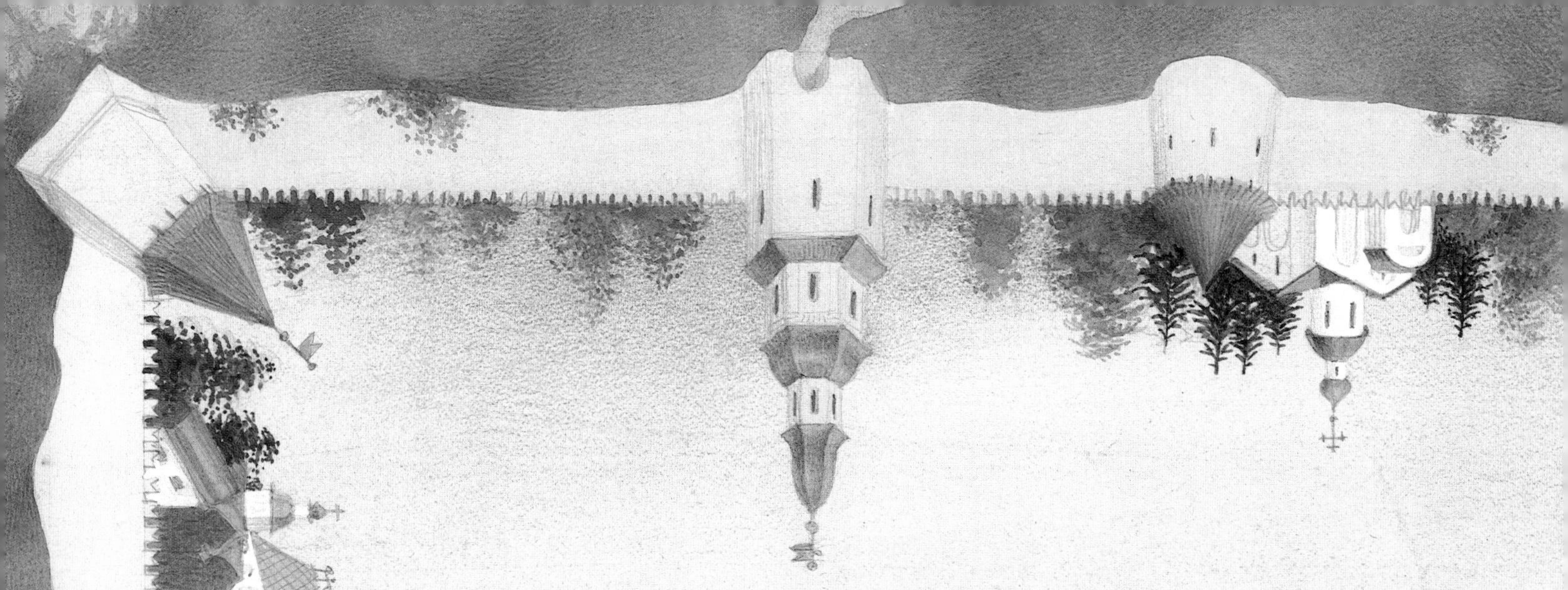

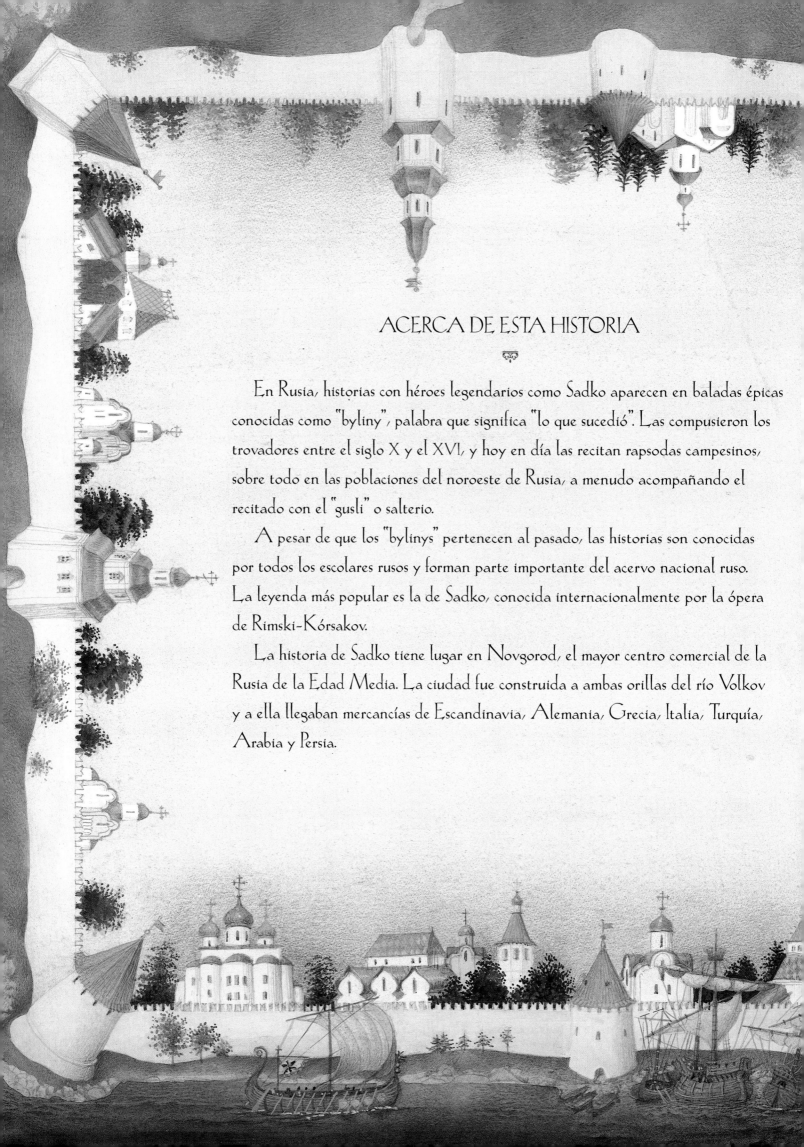

ACERCA DE ESTA HISTORIA

En Rusia, historias con héroes legendarios como Sadko aparecen en baladas épicas conocidas como "byliny", palabra que significa "lo que sucedió". Las compusieron los trovadores entre el siglo X y el XVI, y hoy en día las recitan rapsodas campesinos, sobre todo en las poblaciones del noroeste de Rusia, a menudo acompañando el recitado con el "gusli" o salterio.

A pesar de que los "bylinys" pertenecen al pasado, las historias son conocidas por todos los escolares rusos y forman parte importante del acervo nacional ruso. La leyenda más popular es la de Sadko, conocida internacionalmente por la ópera de Rimski-Kórsakov.

La historia de Sadko tiene lugar en Novgorod, el mayor centro comercial de la Rusia de la Edad Media. La ciudad fue construida a ambas orillas del río Volkov y a ella llegaban mercancías de Escandinavia, Alemania, Grecia, Italia, Turquía, Arabia y Persia.

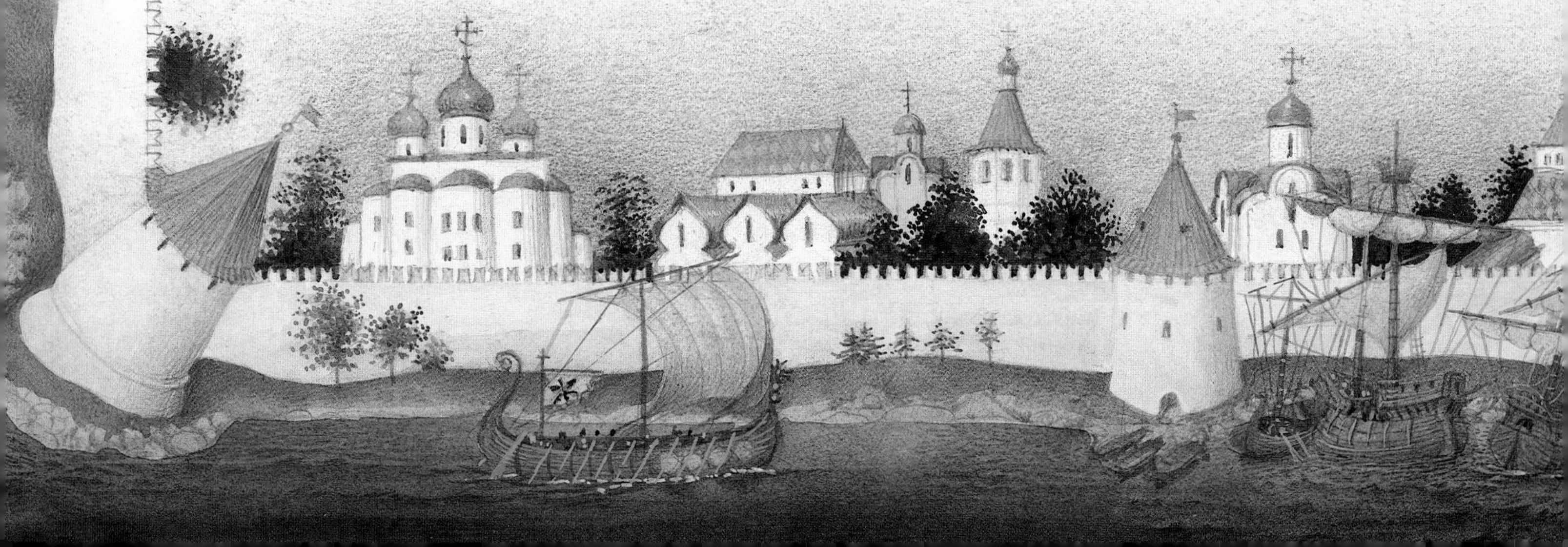

Es probable que el personaje de Sadko esté basado en el comerciante Sotko
Sytinich, que en 1167, según las crónicas, construyó la iglesia más grande de la ciudad.

Novgorod ocupa un lugar importante en la historia política de Rusia. En el
año 862 fue conquistada por el príncipe vikingo Rurik, que la convirtió en capital,
y cuyos herederos fundaron la dinastía kievana y gobernaron la mayor parte de la
Rusia europea hasta 1598. Y, más importante: Novgorod fue la única ciudad medieval
rusa que logró independizarse del gobierno de los príncipes. Desde 1136 hasta su
derrota ante Moscú en 1478, Novgorod fue una república y, aunque muy lejos de
la perfección, es lo más cerca que ha estado Rusia hasta hace pocos años de una
democracia. Para los visionarios rusos de siglos posteriores se convirtió en un símbolo de
la libertad.

La leyenda rusa cuenta que cada río tiene su ninfa, un espíritu femenino de
apariencia humana que vive en el río y forma parte de él. Y todas las ninfas
de los ríos son hijas del Rey de los Mares, a cuyas aguas desembocan éstos.

Aaron Shepard

Título original: *The Sea King's Daughter*

Traducción: Humpty Dumpty

Publicado por Editorial Lumen, S. A.,

Ramon Miquel i Planas, 10, 08034 Barcelona.

Reservados los derechos de edición

en lengua castellana para todo el mundo.

Primera edición: 1999

© del texto: Aaron Shepard, 1997

© de las ilustraciones: Gennady Spirin, 1997

Publicado con el acuerdo de *Atheneum Books for Young Readers*,

e impreso por *Simon & Schuster Children's Publishing Division*.

ISBN: 84-264-3725-7

Printed in Hong-Kong